ÉPITRE

A

CORNEILLE,

PAR L.ˢ F.

MEMBRE DE LA SOCIÉTÉ DES SCIENCES
ET ARTS DE RENNES.

~~~~~~~~~~~~~~~~~~~~~~~~~~~~~~~~~~~~~~

On sent, en le lisant, qu'il ne puisait
l'élévation de son génie que dans son âme.
VOLTAIRE.

~~~~~~~~~~~~~~~~~~~~~~~~~~~~~~~~~~~~~~

A PARIS,

CHEZ LES PRINCIPAUX LIBRAIRES,

Et à RENNES, chez M.ˡˡᵉ GODFROY, Libraire, rue Impériale.

JUILLET 1806.

L'Auteur de cette Épître, malgré son extrême jeunesse, est loin de compter sur l'indulgence de nos soi-disant juges du goût. Préférer Corneille à Racine est un crime impardonnable, et je leur alléguerais en vain ce raisonnement de Fontenelle, qui cependant serait la base de ma défense :

Il peut être incertain que Racine eût été, si Corneille n'eût pas été avant lui ; il est certain que Corneille a été par lui-même.

ÉPITRE

A CORNEILLE.

CRÉATEUR à-la-fois et prince de la scène,
Toi que d'un deuil constant honore Melpomène;
Qui, des jeux de l'esprit méprisant les travers,
Prouvas que le génie est l'âme des bons vers,
Corneille, tu t'es mis au-dessus des louanges;
Mais, quand des beaux esprits les jugemens étranges
Méconnaissent ta gloire et t'enlèvent leur choix,
Permets une réponse à ma timide voix.

Le Ciel voulut enfin, de ses dons moins avare,
Qu'en un siècle ignorant naquît un homme rare;
Et, loin du mauvais goût, que ta main sut frapper,
Le génie eut un trône et tu vins l'occuper.
Les Hardi, les Garnier, ces Sophocles gothiques,
Compilateurs diffus de sottises tragiques;

Et Mairet et Rotrou (1), (ce dernier n'avait pas
Obtenu ton hommage et créé Venceslas)
Virent tes premiers vers et ta première pièce,
Quoiqu'indignes de toi, consterner leur faiblesse.

Richelieu (2), qui sourit à tes jeunes essais,
Eut protégé ta chute et blâma tes succès.
Moins crédule depuis, alors on te fit croire
Qu'un poète à la Cour devait chercher la gloire.
Soumis à Richelieu, ton génie attristé,
Par crainte du pouvoir, flattait la vanité;
Le Ministre à son tour, appui de ton mérite,
Répandait ses bienfaits sur l'auteur de Mélite.
Il croyait t'égaler, il croyait valoir mieux:
Médée eut peine même à dessiller ses yeux.

L'Étoile, Colletet, poètes ridicules,
Se disaient tes égaux ainsi que tes émules.
Le Ciel permit alors, de même qu'aujourd'hui,
A tout mauvais auteur d'être content de lui.
Tu n'obtenais sur eux que des succès vulgaires.

Heureusement pour nous ce tems ne dura guères;
Et, t'élevant au Cid par un sublime essor,
Ton triomphe éclatant les avilit encor.

Un peuple d'ignorans, aux sarcasmes en butte,
Dans ta prospérité ne vit plus que sa chute;
Il fallut se liguer; c'est l'usage en ce cas :
Le succès d'un rival ne se pardonne pas;
Et vingt fades rimeurs, sans goût et sans oreille,
Se crurent bonnement les rivaux de Corneille.

C'est peu que des auteurs; (on sait que de tout tems
De tout ce qu'on admire ils furent mécontens;
Que rarement Thémis eut sa voix au Parnasse)
Mais lorsque Richelieu, par une folle audace,
A son grand caractère osant trop déroger,
Proscrivait le talent qu'il devait protéger,
Tu riais en secret; car, puisqu'il faut le dire,
Des sots de tous les rangs il est permis de rire.

Pour combattre ta gloire et pour la culbuter,
Le noble Scudéri voulut se présenter;
Poète-Spadassin, sa vanité trompée
Au secours de sa plume appelait son épée.
La plume seule en main, il vint examiner
Ce qu'il devait absoudre ou devait condamner.
Il jugeait assez bien; et, d'un coup d'œil fort sage,
Il daigna proposer qu'on brûlât ton ouvrage.

Et, pour ce juste arrêt, le chantre d'Alaric,
Approuvé de la Cour, fut sifflé du public.

Aux traits des envieux opposant ton génie,
Tu vainquis un Ministre et son Académie.
Les Ministres, les Rois pourraient sur l'univers
Faire peser la honte et le poids de leurs fers,
Abaisser les mortels devant leur insolence;
Mais contre le talent le sceptre est sans puissance.

Nous admirons le Cid. Quel prodige nouveau
Vient détourner nos yeux d'un ouvrage si beau?
Tout sert à le prouver : le Dieu de l'harmonie
Sut reproduire en toi Sophocle et son génie.
Au-dessus des jaloux, ne crains point de rival :
L'auteur du vieil Horace eut-il jamais d'égal?
Dans ce rôle sur-tout, plus qu'en tout le poëme,
Ton génie étonnant ne doit rien qu'à lui-même.
L'art ne t'éblouit point; et ces traits de grandeur,
Plus que dans ton esprit sont puisés dans ton cœur.
Digne de tes héros, en peignant le courage,
Tes nobles sentimens passaient dans ton ouvrage.

Proscrire le talent n'est pas en triompher :
Il doit toute sa force à qui veut l'étouffer.

Bientôt le Cardinal que ta gloire fatigue,

Veut du Cid contre toi renouveler l'intrigue.

D'une sourde rumeur loin de t'épouvanter,

Protégé par ta gloire, et prêt à résister :

« Les Duumvirs, dis-tu, condamnèrent Horace,

» Plus juste et plus grand qu'eux, le peuple lui fit grâce ».

On t'accorda la paix. Un critique insolent

Avilit sa personne et non pas le talent;

Et tu n'ignores pas qu'un lâche Commentaire,

Sans pouvoir t'abaisser, déshonora Voltaire.

Richelieu meurt enfin. Ce Ministre fameux,

Humain, vindicatif, superbe et généreux,

Dévoré par l'orgueil, ne voulait pas qu'on dise :

Corneille a plus d'esprit qu'un prince de l'église.

Protecteur des vertus, et du talent jaloux,

Tu connus ses bienfaits autant que son courroux.

Louis Treize n'est plus. Son éternelle enfance,

Contre un règne trop long, indisposait la France;

Il fut juste, mais faible; et recevait la loi

D'une mère orgueilleuse et d'un Ministre-Roi.

De son fils au berceau Mazarin fut le guide.

Fier comme Richelieu, mais fourbe, mais perfide,

Aussi grand politique et moins bon citoyen,
L'intérêt de l'État disparut près du sien.
Prêtant avec dédain une stupide oreille
Aux vers de Colletet comme aux vers de Corneille,
Sa seule jouissance était de se venger :
Il supportait les arts sans les encourager.

Ah ! si j'avais reçu de la faveur divine
Les talens d'Esménard et sa conque marine (3),
Pour chanter un chef-d'œuvre admirable en tout point,
Les grands mots, le pathos, ne me manqueraient point ;
Mais ce style empoulé, la terreur de l'oreille,
Peut flatter Carrion et révolter Corneille.

Je parle de Cinna. Sans m'imposer la loi
De répéter ici ce qu'on sait mieux que moi,
Ce poëme divin, quoique Chénier en doute,
Du théâtre français est la gloire sans doute.
Qui peut le disputer ? Racine est à nos yeux
L'écrivain le plus pur, le plus harmonieux,
De son style enchanteur je goûte tous les charmes :
Phèdre me plaît, me touche et m'arrache des larmes,
Mais du prêtre Joad (tout spectateur le sait)
La sublime froideur produira moins d'effet.

S'il est toujours prudent, il est souvent injuste :
On écoute Joad, et l'on admire Auguste.

Oui, Racine, Joad, avec force tracé,
Prononce quelquefois ce qu'un autre a pensé.
De l'Histoire sacrée et d'Euripide même,
Les traits les plus brillans décorent ton poëme ;
Mais l'auteur de Cinna, dédaignant tout appui (4),
Ne doit rien qu'à lui-même, et marche d'après lui.
Loin de nous amollir, Corneille nous enflamme ;
A l'amour des vertus il élève notre âme ;
Tout homme, tout Français ne peut que l'admirer :
Il eût cru s'avilir en nous fesant pleurer !

Que dis-je? quand un Prince, indigné d'une offense,
Sur ses ressentimens fait régner la clémence ;
Qu'il brave le courroux dont il est obsédé ;
C'est alors qu'à des pleurs s'abandonne Condé (5) :
L'art peut même attendrir un scélérat insigne :
Des larmes de Condé Corneille seul est digne.

Sans égaler Cinna, Polieucte après lui
De ta solide gloire est le plus ferme appui ;
Et si de Rambouillet vingt marquis ridicules
Sur ton héros chrétien élèvent des scrupules,

Le parterre l'admire ; et même de nos jours,
Malgré tous nos travers, nous l'admirons toujours.

Pompée, Héraclius et sur-tout Rodogune,
Repoussent loin de toi la critique importune :
Ils sont, avec transport, en tous tems écoutés ;
Et leurs plus grands défauts sont de grandes beautés.

Oui, (tous nos connaisseurs dussent-ils me reprendre)
Tu vainquis à-la-fois, et Sophocle et Ménandre.
Fier de se transformer, ton talent créateur
D'Auguste et de Cinna descendit au Menteur.
Deux genres opposés signalaient ta carrière ;
Et, toujours sans égal, tu le fus de Molière.

Malgré tant de succès, on voit sur ton déclin,
L'avocat Claiveret et le prêtre Hédelin (6),
Aristarques timbrés, vouloir que l'on oppose
A tes vers si précis, leurs tirades en prose.
Au-dessus de la haine et du ressentiment,
Tu bravais la satyre ; et pensais justement,
Qu'en ce métier, flétri d'un mépris légitime,
La chute est un opprobre et le triomphe un crime.

Colbert et le public savaient t'indemniser
De l'ennui qu'Hédelin aurait pu te causer.

Ces écrits peu fameux, enfans de ta vieillesse,
N'opérèrent en rien sur la première ivresse.
Toi-même contemplais, avec des yeux contens,
De ton jeune rival les succès éclatans ;
Et, par des soins jaloux, loin d'avilir ta gloire,
Tu laissais à tes vers l'honneur de la victoire.
Est-ce à l'aigle en effet, fier souverain des Cieux,
A redouter le cygne habitant de ces lieux ?

Après avoir rempli tes longues destinées,
Tu succombes enfin sous le poids des années.
De même que la Cour, Paris dans la douleur,
Du Parnasse attristé déplorait le malheur.
Ah ! plus que les lauriers la vertu te fut chère !
Doux et modeste ami, bon époux et bon frère,
De tes admirateurs la flatteuse pitié
Regrettait le grand homme et pleurait l'amitié.

Sur ceux de ton rival, c'est peu que tes ouvrages
Des esprits les mieux faits obtinssent les suffrages (7) ;
Qu'un seul de tes éclairs valût plus à leurs yeux
Qu'un ouvrage élégant, mais souvent ennuyeux ;
Ils voyaient, dans ces mots que l'oreille récuse,
Les défauts de ton siècle et non pas de ta Muse.

Contre des mots vieillis , bien loin de s'irriter ,
Consacrés par ta plume, on doit les respecter.
Qu'un terme peu sonore offense l'harmonie ,
La Pensée elle seule est fille du Génie ;
Elle seule nous frappe ; et fait que tes écrits
Sont d'éternels arrêts contre nos beaux esprits.

Voltaire le premier , signalant son audace ,
Voulut te reléguer à la seconde place ;
Il se dit ton soldat (8) : un soldat révolté
Qui de son général brave l'autorité ,
Insensible aux mépris dus à son insolence ,
Contre les châtimens allègue sa démence.

La fureur de Voltaire et ses cris superflus
Assurent à ta gloire un triomphe de plus.
Tel l'Archange fameux , à Satan si terrible ,
L'accablait à loisir d'une force invisible ;
Et , riant des efforts de sa malignité ,
S'en revolait aux Cieux plein de sérénité.

Si la Harpe , après lui, s'empressant de combattre ,
Veut te déposséder du sceptre du Théâtre ;
En termes ambigus soigneux de s'énoncer ,
Il a craint de le dire et le laisse à penser.

Le tragique Ottoman, qui sans doute préfère
Le charme de Virgile au sublime d'Homère,
Chénier prétend aussi, dans sa profane erreur,
Que du Chantre du Cid, Racine est le vainqueur;
Mais ce juge fameux qui sait que le parterre,
Si tu n'eus pas écrit, eût été moins sévère,
Contre l'ordre reçu ne nous anime plus.
S'il transporte à Paris le trône de Cyrus,
De l'Histrion Royal la soudaine culbute
A l'affront des sifflets met les Persans en butte;
Et Chénier dans un coin, pleure, tout confondu,
Un Empire en désordre et de l'argent perdu.

Pense-t-il que des mots, révoqués par l'usage,
Offensent le Génie ainsi que le langage?
Enfin, si nos Auteurs, connus par des succès,
Excepté le Mercier, écrivent tous français,
Faudrait-il, voyant tout sous de nouvelles faces,
Qu'on plaçât Fénélon au-dessus des Horaces?
Qu'Amiot, que Malherbe, au rang le plus commun,
Se vissent éclipsés par Domergue et le Brun?
Et que, dans l'avenir, tout allât de manière,
Que l'on pût voir Chazet escorté par Molière?

O toi, dont le grand nom toujours si glorieux,

Réfute des censeurs l'arrêt injurieux,

Pardonne à mes efforts ! C'est sans doute une offense

Que d'attaquer Chénier et prendre ta défense ;

Mais, dans l'obscurité prompt à se retrancher,

Ta gloire l'épouvante et ne peut l'approcher ;

A moins qu'une bascule, en changeant tout de face,

Du fond de l'Institut ne l'enlève au Parnasse.

F I N.

NOTES.

(1) Corneille avait l'habitude d'appeler Rotrou son père ; quoique ce dernier n'eût rien fait avant le Cid, qui eût pu lui acquérir la moindre célébrité.

(2) On n'ignore pas les prétentions du cardinal de Richelieu au titre de poète. Cinq auteurs les plus célèbres du tems, parmi lesquels Corneille et Rotrou sont les seuls qu'on doive citer, composaient des pièces pour son théâtre. Mirame, tragédie des cinq auteurs, renfermait près de deux cents vers faits par le cardinal lui-même. Dès que le Cid eut paru, il engagea Scudéri à l'examiner sévèrement, plus irrité des beautés de ce poëme, que frappé de ses défauts.

(3) M. Esménard, auteur du poëme de la navigation,
Plus enflé que Boyer, plus bruyant qu'un tonnerre.
BOILEAU.

(4) Il est vrai que Corneille n'est pas l'inventeur de tous les passages admirables de Cinna ; que l'idée de la première scène du cinquième acte ne lui appartient pas toute entière; mais Racine n'a pas craint d'imiter strictement plusieurs scènes de l'Ion d'Euripide. Il lui doit le plan de celle entre Joas et Athalie, comme il en doit quelques détails à Robert Garnier. On ne peut nier aussi que l'Ecriture-Sainte ne lui ait été d'un grand secours.

(5) On sait que le prince de Condé assistant à une représentation de Cinna, ne put s'empêcher de verser des larmes, à ce passage divin où Auguste pardonne à son plus mortel ennemi.

(6) Claiveret, avocat d'Orléans, ancien ami de Corneille, devint, par la suite, un de ses détracteurs les plus implacables. Hédelin-d'Aubignac, auteur d'un Traité sur les règles du Théâtre, homme extrêmement présomptueux, ne cessa de persécuter Corneille, et de vouloir rivaliser avec lui par des tragédies en prose ; entr'autres par Zénobie, pièce la plus régulièrement ennuyeuse qu'on eût représentée jusqu'alors.

(7) Sous le règne de Louis XIV, on eût fait un crime à un homme distingué par sa naissance ou ses talens, d'établir une comparaison entre Corneille et Racine ; mais les *vieilles admirations* de Madame de Sévigné ont bien passé de mode. Il n'est pas à présumer que la plupart de nos connaisseurs souscrivent à son jugement.

(8) Voltaire se disait le soldat de Corneille : c'était un soldat bien peu respectueux.

A RENNES, DE L'IMPRIMERIE DE J. ROBIQUET.